Stöckel • Salamander im Schnee

AF215749

Reinhard Stöckel

Salamander im Schnee

Schauspiel

Edition
Vogelweide

Textbuch, 1. Auflage 2017

eBook, 1. Auflage 2014

uraufgeführt 2009, Cottbus, bühne 8

Edition Vogelweide

www.reinhard-stoeckel.de

Titelgestaltung: Tim Stöckel, Cottbus

Herstellung und Verlag: BoD - Books on Demand, Norderstedt
ISBN 978-3-7448-2100-1

Personen:

Dr. Arnold Simmeroth – Chemieingenieur

Lore Simmeroth – Journalistin

Moses Okukenu – Feuerwehrmann,

Sargmaler, Asylant

Dorothea Klingborg – Laborantin,

Simmeroths Assistentin

Orte:

Bahnhof - Prolog, Epilog

Labor/Büro - Bild I, X, XIV

Haus Simmeroth – alle anderen

PROLOG

Zwei Frauen mit Koffern.

DOROTHEA: Verzeihung

LORE: Entschuldigung

DOROTHEA: Dieses Schneegestöber.

LORE: Man sieht die eigene Hand nicht...

DOROTHEA: Kommen Sie hierher. - Ach, Sie sind das!

LORE: Sie?

DOROTHEA: Sie riechen nach ihm.

LORE: Sie riechen, wie er immer gerochen hat, wenn er von ihnen kam. Wo haben Sie ihn versteckt?

DOROTHEA: Sie wissen es noch nicht? - Sie weiß es noch nicht.

I

MOSES: Mister Simmeroth? Dr. Arnold Simmeroth...

DOROTHEA: No, no. Go, please.

MOSES: Es ist... wichtig.

DOROTHEA: No, time is over. Go...

MOSES: Es ist sehr wichtig, es ist wegen Amagu.

DOROTHEA: Amagu, you're from... Sie kommen aus Amagu? – Hier. Die Adresse...

II

TRAUMSTIMME: Salamander! Salamander!

Jagt ihn! Fangt ihn! Schlagt ihn!

Arnold! Hilf mir, Arnold!

Solange habe ich auf dich gewartet ... gewartet...

LORE: Arnold! He, Arnold, wach auf!

ARNOLD: Lass mich! Lass mich!! - Was ist los!

LORE: Schlaf weiter, Du hast geträumt.

LORE: Arnold! Arnold, wach auf!

ARNOLD: Was ist denn jetzt schon wieder.

LORE: Du, da war was.

ARNOLD: Was?

LORE: Ein Geräusch.

ARNOLD: Was für ein Geräusch?

LORE: Na, ein Geräusch eben.

ARNOLD: Sag schon, wo? Wo denn? Ich höre nichts.

LORE: Da, da draußen. Draußen im Garten.

ARNOLD: Da? Da draußen. Da fällt doch nur der Schnee. Schlaf weiter. Es schneit.

LORE: Und da war doch was. - Schnee macht doch keinen Lärm...

III

ARNOLD: Ach! Was für ein Morgen: Blau und Weiß. Man möchte sich am liebsten auf die Terrasse setzen.

LORE: Ja, im Frühling dann. Kaffee?

ARNOLD: Danke. Danke, du bist so lieb. Ach, was für ein Tag!

LORE: Du... die obere Etage... Wann fangen wir endlich an zu renovieren.

ARNOLD: Ach, fast hätte ich es vergessen: Morgen kommt...

LORE: Also, die obere Etage: Ein flottes Pink? Ein revolutionäres Orange? Oder Ornamente? So, mediterran! Oder noch besser: afrikanisch! Ja, afrikanisch...

ARNOLD: Bloß nicht!

LORE: ... so kraftvoll, farbensprühend...

ARNOLD: Nicht das.

LORE: voller Leben!

ARNOLD: Das nicht. Davon habe ich genug.
Einfach weiß. Weiß wie Schnee.

LORE: Ich kann es kaum erwarten.

ARNOLD: Setz dich endlich hin. Du machst mich
ganz nervös. Setz dich doch.

LORE: Ich möchte am liebsten gleich anfangen.
- Wer kommt morgen?

ARNOLD: Der Maler. Setz dich doch bitte!

LORE: Der Maler? Aber ich hätte das doch gern
selbst gemacht!

ARNOLD: Ich auch. So wie früher. Alles selber
machen... Die Farben stehen schon lang im
Gartenhaus. Aber: Mein Projekt. Es drängt. Alles
drängt. Die Universität, die Company, die Zeit...

LORE: Ich könnte doch... Ich könnte frei

nehmen.

ARNOLD: Du? Freinehmen?! Du? Tapezieren?
Nur noch vier Tage. Dann habe ich sie, die
Professur! Das müssen wir feiern! Hier! In diesem
Haus! Da muss alles fertig sein. - Setz dich
endlich!!

LORE: Wie schön so eine Schneedecke ist. Als
Kind dachte ich immer: Da drunter muss es warm
sein, ganz warm und weich und still. Einmal habe
ich sogar mein Gesicht hineingedrückt als sei es
ein Kopfkissen.

ARNOLD: Und wie war es?

LORE: Kalt. Kalt, natürlich. Später einmal, als ich
bereits wusste wie kalt der Winters ein kann, habe
ich mich mitten im Schneesturm auf den Weg ins
Nachbardorf gemacht. Zu meiner Oma. Warum?
Ich weiß nicht! Ich hatte es mir in den Kopf
gesetzt.

ARNOLD: Du hättest erfrieren können.

LORE: Ich habe fest geglaubt, dass mir die Kälte nichts anhaben kann. Als Kind glaubt man doch, dass man unbesiegbar ist, das alles zu einem guten Ende kommt.

ARNOLD: Ja, ja. Kinder machen manchmal so dumme Sachen.

LORE: Was hat uns diese Kraft nur ausgetrieben?

ARNOLD: Nennen wir es: Vernunft. Deshalb frühstücken wir ja auch nicht im Garten. Zu dieser Jahreszeit...

LORE: Da, da war was im Garten, ein Schatten, ein...

ARNOLD: Ach, hör doch auf!

LORE: Er...

ARNOLD: Er? Unsinn! Denkst du dein Ex kommt zurück? Kommt zurück und... Ach, vergiss es endlich!

LORE: Vergessen?! Du weißt nicht wie das ist. Wenn einer heim kommt und sich schweigend hinsetzt. Und schweigend isst. Und schweigend nicht zuhört. Oder doch zuhört und plötzlich das Messer in den Tisch rammt. Nur weil ich oder eine Fliege an der Wand ... Und du weißt nicht, was schlimmer ist, wenn dann der Schnaps in ihn rein und der Rotz aus ihm raus. Und er an dir hängt, wie ein Kind. Und du plötzlich hörst du, wie Stoff zerreißt, es ist der Stoff deines Kleides und er heult und grapscht und schlägt um sich...
- Keiner wird mich mehr schlagen, keiner! Nicht mit Händen, nicht mit Worten... Nie mehr...

ARNOLD: Komm! Sieh hin! Da... da ist nichts... niemand... Man muss immer nach vorn blicken! Immer nach vorn, jawohl!

LORE: Manchmal, wenn du gegangen bist am Morgen, denke ich, du kommst nicht wieder...

ARNOLD: Ach Lore, Lorchen...

LORE: Nein, nicht dass dir etwas zustößt, aber dass du wieder weg bist, in Afrika. Und dabei wäre ich so gern mitgekommen, damals...

ARNOLD: Dort unten ... da ... Da ist nichts Romantisches. Kein Film. Da kannst du nicht einfach dein Taschentuch voll heulen und dann ins Bett. Das ist hart, das ist knallhart. Außerdem: So was kann man machen, wenn man jung... jünger ist. Ach, vergiss Afrika. Außerdem: Für Frauen ist das sowieso nichts da unten.

LORE: Ach, und sie?

ARNOLD: Das war doch was anderes. Sie war... ist meine Assistentin.
– Ach, lassen wir das. Was für ein Tag. Lore, wir

nähern uns dem Gipfel. Bald bin ich Professor. Professor Dr. Simmeroth!

LORE: Du warst so lange weg. Und dabei, dabei...

ARNOLD: ... gibt es dort unten nicht mal Schnee. Höchstens den Schnee aus den Löschkanonen. Wenn wieder einmal eine Ölpfütze abgefackelt ist und... Menschen... dieser… Geruch…
Aber ist jetzt alles vorbei und vergessen..., jawohl vergessen. Schwamm drüber. Wir, Lore, blicken jetzt nach vorn.

LORE: Es wirkt alles so... so unberührt,

ARNOLD: Was?

LORE: alles, da draußen. der Schnee so unberührt, so frisch so neu, so am Anfang, so unschuldig...

ARNOLD: Unschuldig?

LORE:. Als habe man noch nichts Falsches getan. Unschuldig eben.

ARNOLD: Unschuldig ??! Lore, Lorchen...

LORE: Du. Ich muss jetzt los...

IV (1)

ARNOLD: Ach, was für ein Morgen: Blau und Weiß.

LORE: Man möchte sich am liebsten auf die Terrasse setzen.

ARNOLD: Ja, im Frühling dann. Kaffee??

LORE: Danke, danke, du bist so lieb. Ach, was für ein Tag! – Aber die Nacht... Ich habe doch tatsächlich wieder wach gelegen. Wach gelegen und Geräusche gehört. Draußen im Garten. Wachgelegen und gedacht, da ist doch einer im Gartenhaus.

- Aber ich habe dich nicht geweckt.

ARNOLD: Na, siehst du. - Ich habe auch wieder vom Salamander geträumt...

LORE: Und du hast diesmal nicht aufgeschrien im Schlaf.

ARNOLD: Na, siehst du.

- Ach, fast hätte ich es vergessen: Heute kommt...

LORE: ... der Maler. - Also, alles weiß?

ARNOLD: Alles weiß.

LORE: Ach, Arnold... Ich bin so froh, dass wir endlich wieder zusammen sind. Zwei Jahre, vier Monate und sieben Tage... Mir waren es sieben Jahre. –

ARNOLD: Lore…

LORE: Versprich mir, dass du mich nie wieder verlässt. Nie wieder!

ARNOLD: Versprochen.

LORE: Nicht für sieben Jahre.
Nicht für sieben Monate.
Nicht für Sieben Wochen.

ARNOLD: Lore, Lorchen... Ja, lass uns jede Sekunde nutzen.
 - Was denn jetzt schon wieder??

LORE: Mist gleich sieben. Wir haben heute Redaktions-sitzung und ich muss mich noch vorbereiten. – Du... da... hier überm Klavier. Da fehlt doch was.

ARNOLD: Mir fehlt nichts.

LORE: Arnold! Eine Vase? Oder eine Plastik? Was modernes oder afri ... Wo sind überhaupt deine Fotos aus Afrika, deine schönen Fotografien?

ARNOLD: Weiß nicht. Irgendwo. Im Gartenhaus vielleicht.
Ach, kauf doch irgendein Bild.

LORE: Ich habe da neulich... Aber es ist teuer.

ARNOLD: Macht nichts.

LORE: Wirklich?

ARNOLD: Wirklich! Ich hab doch bald die Professur! Jetzt noch mein Berufungsvortrag und dann... Na, wir werden uns schon einrichten. Der Maler muss zuerst das Kinderzimmer...

LORE: Arnold, bitte nicht jetzt. Wir haben doch schon sooft darüber gesprochen. Ich will nicht mehr.

ARNOLD: Wir könnten mit ihm einen Schneemann bauen, mit dem Schlitten fahren, einen Schneeballschlacht... Wir müssen nach vorn blicken, Lorchen, nach vorn. Wirst sehen, das wird ein schönes Leben, hier. Im Schnee...

LORE: Ja, ja. Es hätte ein schönes Leben werden können. Du, ich muss jetzt wirklich. Tschüs.

ARNOLD: Warte! Verlass du mich auch nicht.

IV (2)

ARNOLD: He, was schleichen Sie hier rum. Können Sie nicht klingeln?

MOSES: Ihre Frau sagte...

ARNOLD: Ach so, der Maler...

MOSES: Ja, woher wissen Sie, dass ich...

ARNOLD: So früh schon so fleißig gewesen?

MOSES: Ja, äh ... Da ist mir... das ist... nur ein wenig Staub.

ARNOLD: Fangen Sie oben an. Und: alles weiß und... Na, meine Frau hat Ihnen sicher alles... Ich muss jetzt los. Alles, klar?!

MOSES: Klar... Alles weiß...

ARNOLD: Die Farben und Tapeten stehen im Gartenhaus.

MOSES: Ich weiß...

ARNOLD: Sie waren schon dort?
Fleißig, fleißig, diese Schwarzarbeiter.

V (1)

LORE: Arnold! Arnold! Komm, sieh dir das an. Sieh dir das bloß an!

ARNOLD: Was ist denn hier... Alles schief, die ganze Tapete... hier und... hier. Das ist ja...

LORE: Oh Gott, wie das aussieht! Und nächste Woche das Haus voller Gäste!

MOSES: Tut mir leid.

LORE: Sie sind ja noch da!?
Arnold, er ist noch da.

MOSES: Es tut mir wirklich leid. Aber ich habe das noch nie gemacht.

ARNOLD: Das bringen Sie in Ordnung! Sofort! Sie Pfuscher.

MOSES: Aber ich bin kein Maler. Nicht so ein Maler, jedenfalls. Aber wenn sie wollen, könnte ich es morgen noch einmal versuchen?

ARNOLD: Morgen?! Sofort! Sofort! Sofort!

LORE: Arnold, bitte, das ist nicht der Maler...

ARNOLD: Ist mir egal, er soll das in Ordnung bringen!
- Er ist nicht der Maler?!

MOSES: Doch ich bin Maler, aber... ich meine, ich könnte Sie zeichnen, ein Porträt...

ARNOLD: Mann, sind sie blöd?!

MOSES: Nein, nur Künstler. Aber ich kann auch kochen, putzen, waschen... ich kann alles!

ARNOLD: Ha, alles?! Das haben wir gesehen.

MOSES: Nun gut, das Tapezieren ... Aber ich habe heute eine Menge gelernt über das Tapezieren!

ARNOLD: Raus jetzt!

LORE: Ein Kunst-Maler. –
Er stand vor der Tür heute Morgen und fragte nach Arbeit, da dachte ich das ist der Maler.

ARNOLD: Das dachte ich auch. Oh, wir Idioten.

LORE: Er war so weiß.

ARNOLD: Ja eben. Weiß eingestaubt wie... ein Maler. Er hat sich hier eingeschlichen. Was will der hier?
– Sie sind ja immer noch da?!

MOSES: Wenn ich wieder im Gartenhaus übernachten...

ARNOLD: Unterstehen sie sich! Verschwinden

Sie oder ich rufe die Polizei.

LORE: Arnold, bitte.

ARNOLD: Lassen Sie das! Geben sie mir sofort mein Handy...

MOSES: ... dann könnte ich morgen dort aufräumen.

ARNOLD: Aufräumen?

LORE: Eine gute Idee.

ARNOLD: Mein Gartenhaus ist aufgeräumt, verstanden! Es ist aufgeräumt!

LORE: Arnold, was ist los mit dir?

MOSES: Tut mir leid. Da im Gartenhaus... da komm ich rein, da stolpere ich... es war so dunkel. Früh dann: Alles weiß, ein weißes Pulver...

ARNOLD: Der Papiersack mit dem Gips... Auch das noch! Was haben Sie denn noch alles angerichtet? - Ich geh lieber nachsehen.

MOSES: Moment! Hier, ihr Handy.
- Ja, dann gehe ich jetzt.

LORE: Ja. Das ist wohl besser. Mein Mann ist zurzeit so...

MOSES: Ja

LORE: ... ein bisschen nervös. Ja, überarbeitet und nervös.

MOSES: Ja. -
Da - entschuldigen Sie meine Neugier - da im Gartenhaus, da waren Bilder. Fotos, schöne Fotos. So nachlässig an die Wand gelehnt, ich wäre beinahe auch darüber gefallen.

LORE: Das ist Afrika. Mein Mann war in Afrika.

MOSES: Ich auch. Ich komme aus Afrika.

LORE: Sie?

MOSES: Ja. - Eine schöne Landschaft, da auf den Fotos. So viele Tiere... Ich kenne nur Ziegen und Fische, tote Fische. Diese Tiere mit den langen Hälsen, waren das Giraffen?

LORE: Natürlich, was sonst!

MOSES: Natürlich, was sonst, Giraffen, Löwen, Antilopen, nackte Schwarze mit großen Speeren, die durch die Savanne rennen. – Ich gehe jetzt.

LORE: Halt, warten Sie. Sie kommen wirklich aus Afrika? Das ist interessant, das wird Arnold interessieren...

MOSES: Afrika. Ja, das ist immer interessant. - Da war auf einem Bild eine Ziege. Eine Ziege mit drei Hörnern. Wir hatte zu Haus auch so eine Ziege, aber die - na ja – die ist verbrannt.

LORE: Oh, das tut mir leid. - Bleiben sie doch!
Bleiben sie ... zum Essen! Bitte! Wenn Sie sich
noch etwas frisch machen wollen. Sie sind ja völlig
eingestaubt, ganz weiß.

MOSES: Oh ja, tatsächlich, alles weiß...

V (2)

ARNOLD: Das sieht aus im Gartenhaus. Ist er
weg, dieser - Maler!

LORE: Nein, im Bad.

ARNOLD: Um Himmels willen, das Bad ist doch
schon renoviert.

LORE: Nein, er wäscht sich.

ARNOLD: Er wäscht sich?

LORE: Ja, er wäscht sich.

ARNOLD: Hier? Bei uns?

LORE: Warum denn nicht hier bei uns?

ARNOLD: Muss das sein? -
Drei Teller? Also, das geht zu weit! Wenn er
wenigsten ein richtiger Handwerker wäre...

LORE: Er wird dich interessieren: Er kommt aus
Afrika.

ARNOLD: Afrika? Wieso kommt der aus Afrika?
Afrika, das interessiert mich überhaupt nicht. Was
will der hier?

LORE: Arbeiten. Wie alle diese Leute.
- Was ist los, Arnold?

ARNOLD: Ich... Ich muss weg. Ja ich muss weg.
An die Uni, ich muss noch mal in die Uni.

LORE: Ach, so plötzlich.

ARNOLD: Gar nicht plötzlich. Du weißt doch,
mein Projekt, der Berufungsvortrag. Das muss
vorbereitet werden. Gründlich.
Die Energie der Zukunft: aus Sand, bloßem Sand.
Verstehst du, das muss Hieb und Stich fest sein.
Da gibt es Neider im eigenen Haus, da gibt es
Gegner bei der Company. Zum Glück...

LORE: Ist sie auch dabei?

ARNOLD: Wer, Sie? - Ach, lass doch die alten
Geschichten. Nach vorn blicken, Lorchen, nach
vorn! -
Zum Glück gibt es in diesem Land und sogar in
dieser Stadt noch Menschen mit Visionen: Sand,
der Energieträger der Zukunft! Energie aus
reinem, purem Sand: Silizium plus Wasserstoff

plus... Weiß du was das heißt?! Keiner muss mehr sparen. Schluss mit der ewigen Ölkrise. Das gibt einen Aufschwung, sag ich dir. So einen Aufschwung hast du noch nicht gesehen.

LORE: Ich weiß nicht, ob ich das sehen will. Die graben glatt die Lausitz noch mal um.

ARNOLD:
Einen regelrechten Boom gibt das. Weltweit.
Überall! Boom, Boom, Boom...
Jeder Mensch auf dieser Welt kann unbekümmert Autofahren, große Autos, schöne Autos... Jeder Chinese, jeder Inder und jeder Afrikaner.

VI

LORE: Sie sind ja immer noch weiß.

MOSES: Ich?

LORE: Ihre Haut.

MOSES: Tut mir leid, dass ich kein richtiger
Neger bin. -
Ja, ich hatte schon zu Hause eine Menge Ärger
damit. Es ging los gleich nach meiner Geburt:
Mein Vater sah mich an und sprach: Dieser weiße
Bastard ist nicht mein Sohn. Drehte sich um und
ging.

LORE: Entschuldigung, das tut mir leid. -
Guten Appetit.

MOSES: Danke. (kurzes Gebet)
Kostlich.
Meine Urgroßmutter war eine Deutsche. Ich bin
stolz... ich bin so stolz auf meine Uroma.

LORE: Sagen sie das noch mal.

MOSES: Ich bin stolz...

LORE: Nein, dieses kostlich

MOSES: Entschuldigen Sie, mein Deutsch...

LORE: Nein, nein. Arnold sagt immer delicate.
Seit er aus Afrika zurück ist. Bei ihm ist alles
delicate. Alles verstehen sie. Aber köstlich, das ist...

MOSES: kostlich.

LORE: Was haben sie getan in Afrika, in...?

MOSES: Amagu

LORE: Ama...?

MOSES: am Niger.

LORE: Tatsächlich? Mein Mann war auch dort.

MOSES: Genau dort? In Amagu?

LORE: Ich weiß nicht. Überall, wo sie ihn gerade hinge-schickt haben.
Sieben Jahre war er dort. Nein, nein, zwei natürlich nur zwei. Ich meine vor sieben Wochen kam er zurück.

MOSES: Vor sieben Wochen?

LORE: Ja, warum fragen sie so...?

MOSES: Ach, es ist nur, ich bin auch sieben Wochen hier. Hier in...

LORE: [Cottbus]

MOSES: Ein schöner Garten, ein schönes Haus: große Fenster, viele Zimmer... - Nur, da...

LORE: Da?

MOSES: Da überm Klavier, da müsste ein Bild
hin.

LORE: Ja, sie sehen das sofort, sie sind eben
Künstler.
- Ja, es fehlt noch einiges. Nicht nur die Tapete...
Wir sind nämlich gerade eingezogen. Man muss
sich erst gewöhnen. – An alles. Gewöhnen.
Aneinander. - Im Öl. Er sagt immer: ich war im
Öl. Das kling wie: ich war im Krieg. Aber was
rede ich ... Noch Suppe? Erzählen Sie. Erzählen sie
von ihrer Arbeit. Bitte!

MOSES: Ich habe Tote gemalt.

LORE: Oh.

MOSES: Eine Fotografie kann sich jeder zu Hause
hinstellen. Aber ein Bild, ein richtiges Bild in...
Haha, in Öl, genau – Das bringt Glanz in die
dreckigste Hütte. Das kann man der
Verwandtschaft vorzeigen. Jawohl, der ganzen

Verwandtschaft!

LORE: Und sonst? Ich meine, wie drückt sich ihr Afrikanersein aus? Ich meine die Expressivität ihrer Wurzeln, ich meine...

MOSES: Meiner Wurzeln?

LORE: Ich meine, sie malen doch sicher nicht nur Porträts.

MOSES: Nicht nur. Ich habe auch Särge bemalt. Jedem seine Spezialitäten: Für den Bauern ein Kuh. Fische für den Fischer. Für den Transportunternehmer einen LKW. Und für den Trinker eine Batterie Flaschen. Ja, und für unsere dreihörnige Ziege eine dreihörnige Ziege...

LORE: Wie lustig. Das ist doch wirklich eine ganz andere Kultur bei Ihnen, nicht so ernst, so humorvoll, so kreativ, so natürlich, so voller Lebensfreude, so voller...

MOSES: Auf den Sarg meiner Mutter habe ich eine Nähmaschine gemalt

LORE: Oh, Verzeihung, das tut mir leid.

MOSES: Verzeihung? „Verzeihung, Entschuldigung, tut mir leid..." Kennt man hier noch andere Worte?!

LORE: Tut mir... tut... Ihnen der Kopf weh?

MOSES: Nein, mir tut nichts weh.

LORE: Aber da, was haben Sie da gemacht, diese Narbe...

MOSES: Ach, das war... im Gefängnis.

LORE: Sie Ärmster. (legt die Hände auf seine Stirn)

MOSES: Ah, das tut gut. Tut das gut. So gut.

- Also: Die Nähmaschine. Es war eine deutsche Nähmaschine, Singer stand darauf, und wie die gesungen hat, das war ein Liedchen, ratterratter summsumm. Und manchmal hat Mutter selber gesungen: Ich weiß nicht was soll es bedeuten...

LORE: Die Lorelei am Niger. Das ist... köstlich. Ich heiße übrigens Lore.

MOSES: Moses. Freut mich sie kennen zu lernen.

LORE: Angenehm.

MOSES: Sehr angenehm…

LORE: (summt und singt) ... ein Märchen aus alten Zeiten ...

MOSES: Es... es war einmal: ein kleiner Mann und ein großer Krieg. Der Mann ist marschiert. Von Afrika bis an den Rhein. Zack zack zack, rechts um. Dort gab es dann zur Belohnung eine schöne blonde Frau. Sie war weiß wie Schnee. Und er

schwarz wie Ebenholz. Sie hatte eine schöne
Stimme. Und eine Nähmaschine. Als der Mann
zurück musste, nach Afrika, hat er die
Nähmaschine mitgenommen. Sie bekam dafür von
ihm ein Kind: Das war mein Großvater.

- Als Großvater herangewachsen war, musste er
auf ein Amt.

Du hast Glück, Bimbo, sagte der Beamte, du darfst
in ein Sanatorium.

Toll, dachte Großvater, ein Sanatorium. Am Meer?
In den Bergen?

In Bergen-Belsen. Du musst hier nur
unterschreiben...

Er sollte unterschreiben, dass er sich freiwillig, die
Eier... pardon, sterilisieren lassen würde. Da hat
Großvater gesungen: Ich weiß nicht, was soll es
bedeuten... Alle Strophen, fehlerfrei.

Alle Wetter, sagte der Beamte und Großvater
durfte noch einmal nach Hause, sich von seiner
Mutter verabschieden. Sowie es sich gehört!

Und dann hat der Beamte in herangewinkt, ganz
nah: Weißt du, Junge, so wichtig sind die Dinger

nicht.

Sah Großvater aber anders.

Bevor er über die Grenze ging, nahm ihm seine Mutter das Versprechen ab, die Nähmaschine zu suchen und ein reicher Mann zu werden.

LORE: Das ist... tragisch!

MOSES: Wieso? Er hat die Nähmaschine doch gefunden: Großmutter nähte. Mutter nähte.
Ich habe ihr gern zugesehen. Wie sie den Stoff zurecht schob, mit der rechten Hand das Schwungrad in Gang setzte und mit den Füßen auf dem Pedal diesen Schwung übernahm. Die Maschine ratterte. Mutter summte. So leicht. So leicht sah das aus.
Ich habe es selbst versucht, entweder hing die Nadel im Stoff fest oder sie vernähte ihn dort, wo sie nicht sollte. Du musst den richtigen Rhythmus finden, sagte Mutter.
Ich glaube, das ist es: Man muss den richtigen Rhythmus finden.

LORE: Den richtigen Rhythmus? Was ist der richtige Rhythmus?

MOSES: Vielleicht der eigene? Aber...
Jedenfalls eines Tages brach das Schiffchen. Von da an stand die Singer still in einer Ecke und rostete vor sich hin. -
Haben Sie vielleicht eine Nähmaschine, eine Singer... Aber eine alte, die neuen brauchen kein Schiffchen mehr, die haben auch keinen eigenen Rhythmus mehr.
Da sehen Sie, das Schiffchen, die Feder ist gebrochen. - Mutter würde sich so freuen.

LORE: Ich denke sie ist...

MOSES: Man kann doch auch Toten eine Freude machen. Soll das alles der Liebe Gott besorgen? Oder die Company...

LORE: Die Company?

MOSES: Bei uns heißt es: Wo Gott geht, kommt die Company.

LORE: Wo Gott geht, kommt die Company. Das muss ich mir merken. Arnold, mein Mann, war nämlich bei der Company.

MOSES: Ich auch. Ich bin, ich war ein Salamander.

LORE: Ein Salamander?! Das ist merkwürdig.

MOSES: Ein Feuerwehrmann.

LORE: Aha, ein Feuerwehrmann.

MOSES: Dieser Schnee, ob er ein Feuer löschen könnte?

LORE: Was? Wie meinen Sie das?

MOSES: Ach, schon gut. Ich glaube, sie kommen

wieder, diese Kopfschmerzen.

(Er nimmt Lores Hand und legt sie auf seine Stirn.)

VII

ARNOLD: Du arbeitest noch.

LORE: Ich suche was.

ARNOLD: Was ist was?

LORE: Eine Nähmaschine, eine Singer.

ARNOLD: Im Internet?

LORE: Wo sonst, auf dem Dachboden?
- Du riechst nach ihr.

ARNOLD: Unsinn. Wir arbeiten zusammen, ar-
bei-ten. Was kann ich für Doros Parfüm.

LORE: Dafür nichts.

ARNOLD: Das ganze Labor ist voll davon... Bitte,
Lore. Lore, Lorchen, mein Lorchen... Guck mal,
hier.

LORE: Was ist das?

ARNOLD: Eine Spieluhr. Aus Holz.

LORE: Das hast du dir schon immer gewünscht,
nicht wahr?

ARNOLD: Ich? Unsinn. Ich bring sie gleich ins
Kinderzimmer.

LORE: Arnold, hör auf. Ich werde nicht mehr
schwanger.

ARNOLD: Du wirst nicht schwanger? Das werden wir doch mal sehen.

LORE: Arnold!
- Du kannst da jetzt nicht rein. Er schläft da.

ARNOLD: Er? Wer er?

LORE: Moses.

ARNOLD: Was dieser Ne... dieser Maler ist immer noch da.

LORE: Er ist, er war ein Salamander.

ARNOLD: Ein Salamander? Was soll das?! Ein Salamander?

LORE: Du, denk dir, Moses war auch bei der Company. Feuerwehrmann, er war bei der Feuerwehr.

ARNOLD: Natürlich, wo sonst. Natürlich weiß ich, dass die Feuerwehmänner von allen Salamander genannt wurden. Weil: Ihre Schutzkleidung war schwarz und gelb.

- Der muss weg. Der muss hier weg!

LORE: Ja, wo soll er denn hin. Der Streifenwagen stand schon vorm Heim...

ARNOLD: Ins Kinderzimmer. Du hast ihn ins Kinder-zimmer... Er schläft in unserem Kinderzimmer?

LORE: Mach dir nichts vor. Es ist vorbei. Es wird ein schönes Gästezimmer sein.

ARNOLD: Nie, nie. Das ist und bleibt ein Kinderzimmer. Ein Zimmer für unser Kind.

LORE: Arnold, bitte, hör auf! Wir hätten eines haben können. Aber du ...

ARNOLD: Die Zeit war nicht danach.

LORE: Du wolltest unbedingt diese „große Chance"...

ARNOLD: Aber jetzt!

LORE: Hör auf!!

ARNOLD: Im Übrigen hättest du auch alleine... Hättest es auch ohne mich kriegen können.

LORE: Kriegen sowieso.

ARNOLD: Du weißt wie ich's meine!

LORE: Ja, ich weiß, leider.

VIII

ARNOLD: Du musst heute gar nicht weg?

LORE: Ich arbeite heute zu Hause. Für den „Kustos"...

ARNOLD: Für *den* „Kustos"

.

LORE: Ja, Lore Simmeroth, wird Autorin des Kustos, Zeitschrift für Kunst.

ARNOLD: ... und „höhere Weihen", ja, ja.

LORE: Jedenfalls haben sie einen Beitrag von mir angefordert.

ARNOLD: Angefordert?

LORE: Na ja, sie haben am Telefon gesagt: ich könne ja mal was schicken.
Arnold das ist die Chance, meine Chance...

Endlich weg von diesem Provinzblatt: immer nur Haushaltslöcher, Tagebaulöcher, Straßenlöcher, Arschlöcher...

ARNOLD: Lore, was ist los mit dir.

LORE: Nichts, Arnold, nichts. Das ist es ja, nichts.

ARNOLD: Früher hat dir das Spaß gemacht: „Ich muss dran sein an den Leuten, dicht dran."

LORE: Arnold, ich... Ich brauche Abstand. Ich muss da raus.

ARNOLD: Warte, vielleicht könntest du zwischendurch... die Einladungen? - Pass auf, Donnerstag ist meine Verteidigung. Feiern wir doch gleich am Freitag.

LORE: Besser Samstag. Man ist dann frischer.

ARNOLD: Gut, Samstag.

LORE: Kommt sie etwa auch?

ARNOLD: Sei nicht albern! Was soll ich machen?
Doro ist meine Assistentin. Soll ich sagen,. meine
Frau ist furchtbar eifersüchtig, die wird ihnen eine
furchtbare Szene machen?

LORE: Albern, die ist albern, die kichert doch
schon, wenn sie nur einen Cafe Latte bestellt. Und
dann immer diese Angliszmen. Aus der mache ich
fingerfood, ganz delicate

ARNOLD: Was?

LORE: Häppchen, köstliche Häppchen.

ARNOLD: Gute Idee. Das Büffet ist deine Sache.
Meine ... die Dekoration.

LORE: Girlanden?

ARNOLD: Unsinn. Da überm Klavier, hier ist

alles so kahl, so leer... Da muss ein Bild hin. Ja, du hast recht. Ein bisschen Kunst muss sein.

LORE: Überlass das lieber mir.

ARNOLD: Ich mach das, Lorchen.

LORE: Arnold?!

ARNOLD: Ja,

LORE: Manchmal denke ich. Die zwei Jahre Afrika, die waren doch zu viel.

ARNOLD: Manchmal denke ich das auch. Aber wir lieben uns doch.

LORE: Ja, Arnold, wir lieben uns noch.

ARNOLD: Lore?! Schick ihn weg.

IX

MOSES: (Kommt mit einem Skizzenblock und Spieluhr)

LORE: (sitzt an einem Manuskript) Möchten Sie einen Tee? Oder einen Kaffee? Soll ich ihnen ein noch ein Süppchen...?

MOSES: Haben sie Kinder?

LORE: Nein. Nein, wir haben kein Kind. –
Ich hatte einmal ein Kind. Ach, das ist so lange her. Es wäre jetzt: zwei Jahre, zehn Monate... Es würde bald drei. Drei Jahre. Kann ein Kind mit drei Jahren sprechen? Laufen ja, aber sprechen. Natürlich kann ein Kind mit drei Jahren sprechen und sagen: Mama, ich möchte ein Eis. Mama, ich will Karussell fahren! Karussell fahren... hui... Karussell...
Ja, ich habe das Kind dann lieber nicht bekommen.

Ach, wie Sie das machen. So einfach aus dem Handgelenk. Diese Farben, diese Dynamik, dies Expressivität. Das ist Afrika. Das ist einfach...schön. Was ist das eigentlich?

MOSES: Ein Salamander. Ein Salamander im Schnee.

LORE: Sehr interessant. Moment mal... Ich habe doch neulich für Arnold dieses Buch...? Der träumt immer so Sachen, von einem Salamander träumt er. Seltsame Sachen.
Da ist es: Die Alten sagen: Der Salamander kühlt das Feuer, bis es erlöscht. Andere glauben: Im Feuer wird der Salamander geboren, wiedergeboren. Er geht schadlos durch jedes Feuer... - Moses, das ist ... wunderbar! Salamander im Schnee: Was für Metapher! So schön...
- unverständlich: Moses, was ist? Sie ... Sie weinen ja?

MOSES: Weinen? - Ich weine nicht. - Ich lache

über Sie. Über mich. Es ist doch gut, ein bisschen Spaß zu haben. Ein wenig Spaß an seinen Schmerzen. An solchen... Metaphern!

LORE: Moses, hören Sie, „Der Kustos" - das ist eine ganz, ganz bekannte Zeitschrift - ist sehr interessiert an einem Beitrag über Ihre Arbeit... Moses, Sie werden bekannt! Das könnte der Durchbruch werden für Sie, für uns...

MOSES: Lassen Sie mich. Lassen Sie mich in Ruhe mit ihrem Gerede, ihrem Suppchen, ihrem Kustos, ihrem ganzen arroganten weißen Getue. - Ihr wollt alles: Heute unser Öl, morgen unsere Seelen.

LORE: Bleiben Sie: Wo wollen Sie denn hin?

MOSES: Kotzen.
(Moses zurück)

MOSES: Entschuldigen Sie

LORE: Ich dachte schon, Sie laufen in Ihr Unglück.

MOSES: Was wissen Sie von meinem Unglück?! Nichts.

Ich hatte einen Bruder, einen älteren Bruder, einen großen Bruder. Mein Bruder war auch ein Salamander. So nannte man die Feuerwehrleute, weil...

LORE: ihre Schutzkleidung war schwarz und gelb.

MOSES: Das sind Helden, dachten alle. Aber dann...

LORE: Was, Moses, was „dann"?

MOSES: Eines Morgens, es war noch dunkel, nahm meine Mutter die Kerosinlampe vom Haken und ging aufs Feld. Sie wusste nicht, dass aus einem Leck in der Pipeline Öl ausgelaufen war. Alles war voller Öl. Auch dort, wo sie wie immer ihre Lampe abstellte. Amagu ist abgebrannt.

LORE: Und ihre Mutter.

MOSES: Sie starb auf dem Weg ins Krankenhaus. Seit diesem Tag sitzt mein Bruder zu Hause und säuft. Er erzählt jedem: Ich bin es nicht wert, ein Salamander zu sein! - Seine Seele ist im Feuer verbrannt.
- Und, haben sie alles mitgeschrieben für ihren „Kustos"?
(Er greift nach Lores Manuskript

LORE: Bitte. Es tut mir leid.

(Gerangel um das Manuskript)

MOSES: Leid, leid, leid. Ich will ihr Mitleid nicht. Niemandes Mitleid. Schon gar nicht das so einer kleinen weißen Frau. Mir schneidet keiner die Eier ab! Keiner. Auch Sie nicht!

LORE: Moses, Sie haben ... Sie haben mich ... sie haben mich...

MOSES: Ich, ich wollte das nicht...

LORE: Mein erster Mann hat mich geschlagen.
Mein zweiter Mann hat mir mein Kind genommen.
Einen Moment lang glaubte ich, sie könnten der dritte sein.
Aber Sie ... Sie sind ein...

MOSES: Sagen Sie schon: ein Tier. Das sind wir doch für euch noch immer: Tiere.

LORE: Nein, Sie sind ein Kind. Ein Kind, das um sich schlägt. Ein Kind.

MOSES: Das eben ist euer Irrtum.

- PAUSE -

X

TRAUMSTIMME: Salamander! Salamander!

Jagt ihn! Fangt ihn! Schlagt ihn!

Arnold! Hilf mir, Arnold!

Ich habe lange auf dich gewartet, solange.

ARNOLD:

Aufhören!

Es ist vorbei. Es muss vorbei sein. Afrika bleib mir
vom Leib.

(Dorothea herein.)

DOROTHEA: Er hat schon wieder im Büro
geschlafen. Nicht bei ihr. Aber auch nicht bei mir.
Er schläft und träumt. Wenn ich doch noch
träumen könnte. Dabei ist er zwölf Jahre älter.
Und träumt noch. Alpträume. Na, immerhin.

Als ich zwölf war, suchte einer, der war fünfzehn,
unter meinem Pullover. Da ist ja gar nichts, sagte

er. Habe mir Mutters BH ausgeborgt und ausgestopft. Man, war ich blöd. Der hat bloß gelacht. Lassen wir es, Doro, lassen wir's. Genau in dem selben Ton wie Mutter: Wie Du wieder rumläufst, Doro! Ach, lassen wir's. Oder der Lehrer: Hast du es nun gelernt oder nicht? Ach, lassen wir's, Doro. Setz dich. Ich konnte machen was ich wollte. Immer hieß es: Ach, lassen wir's Doro!

Doro – wie das schon klingt, wie eine Mischung aus Drops und Klorolle. Dabei heiße ich Dorothea.

Hallo, Arnold, Liebling, hier ist deine Dorothy ...

ARNOLD: Ach, Doro, du bist das...

DOROTHEA: Du hast geträumt, und rumgeschrien!

ARNOLD: Ja, ja. Es kommt immer wieder. Immer wieder dieser Traum: Ich laufe über einen staubigen Weg, und – ha, ich habe keine Schuhe an. Ich muss ein Kind sein... ich glaube, ich bin ein Kind. Ich drücke meine nackten Sohlen in den Straßenstaub und betrachte den Abdruck meines Fußes. Ich sehe wie die ersten Regentropfen in den Staub schlagen - patsch patsch patsch - große schwarze Flecken im grauen Staub, immer mehr, immer mehr. Dann ist der Weg schwarz und aus dem Schwarz drängen gelb leuchtende Flecken. Der Salamander. Er ruft mich, er schreit. ich will weg laufen. Doch je schneller ich laufe, desto lauter wird sein Rufen. Ich gebe auf. Er sagt: Ich habe lange auf dich gewartet, Arnold Simmeroth. Neuerdings hat er die Stimme dieses weißen Schwarzen...

DOROTHEA: Der aus Amagu?

ARNOLD: Du? Du hast ihm gesagt, wo ich...?

-

Lassen wir das. Wir wollten noch mal üben für die Pressekonferenz. Sie sind jetzt mal die Presse. -

Fertig? Also:

Kein Öl, kein Benzin, kein Diesel, kein Gas.

Stattdessen. meine Damen und Herren, Sand.

DOROTHEA: Sand?

ARNOLD: Jawohl Sand. Die Energiequelle der Zukunft.

DOROTHEA: Der Zukunft?

ARNOLD: Jawohl, der Zukunft. - Sand, das ist Silizium. Silizium plus Wasserstoff, das brennt wie Benzin. Und: Das verbrennt nicht nur den Sauerstoff der Luft. Es verbrennt auch den Stickstoff. Und was entsteht: Meine Damen und Herren, Energie. Energie und Wasser und Siliziumnitrid. Kein Kohlendioxid. Schreiben Sie: Kein Kohlendioxid. Keine Klimakatastrophe. Die Rettung liegt im Sand...

DOROTHEA: Also, eine Zukunft auf Sand

gebaut?

ARNOLD: Ha, sehr witzig. Nein, schreiben Sie:
Eine Zukunft wie Sand am Meer.
Das klingt...

DOROTHEA: Wie Urlaub, wie eine
Sommernacht am Strand von Amagu. Weißt du
noch?

ARNOLD: Bitte, Doro... Frau Klingborg, lassen
Sie das! Jeden Moment...

DOROTHEA: Lassen Sie das. Lassen Sie das. Sie,
Sie, Sie! Seit wir zurück sind aus Afrika geht das so.
Aber ich lasse mich nicht absiezen.

ARNOLD: Amagu liegt nicht am Meer.

DOROTHEA: Für mich schon. Für mich bleibt
dieser Strand, der Strand von Amagu.
Weil: Du solltest nach Amagu fahren, stattdessen

lagst du mit mir am Meer. Du hast deinen Job riskiert. Für mich!

ARNOLD: Besser den Job, als das Leben. Ha, für dich? Ich hatte keine Lust auf die Machete eines Rebellen. Die ganze Gegend um Amagu war voll davon. Einmal hat mir gereicht. Drei Stunden hatten die mich festgesetzt. Da sitzt du mitten im Mangrovensumpf. Allein. Und hoffst, dass einer kommt. Und hast Angst, dass einer kommt. Denn er könnte kommen, dich zu töten. Nee, nicht noch mal. Nicht mit Arnold Simmeroth. –
Da lieg ich doch lieber mit 'ner Frau am Strand! War nicht meine Absicht, dass da was passiert ist zwischen uns. Eine chemische Reaktion: wie Wasser und Karbid. Bums. Deckel drauf, da bumst es eben.

DOROTHEA: Da bumst es eben?

ARNOLD: Ja, da bumst es eben.

DOROTHEA: Sie werden sich noch wundern, Herr Professor, wie das bumsen wird!

(Dorothea nimmt unbemerkt eine Akte und geht damit hinaus.)

ARNOLD: Wo ist denn nur die Akte Amagu?

XI

ARNOLD: Ist noch von deiner guten Suppe da.

LORE: Nein, heute nicht.

MOSES: Tut mir leid. Ich habe sie aufgegessen. Die ist wirklich delicate.

LORE: Delicate?

MOSES: Kostlich. Natürlich köstlich.

ARNOLD: Dann also keine Suppe. Warum auch nicht. Ich brauche keine Suppe. Geben wir sie unserem hungernden Kind aus Afrika.

LORE: Arnold, ich bitte dich.

ARNOLD: Möchten Sie auch ein Glas? Oh, Wunder, da ist ja noch was in der Flasche? Noch nicht leer getrunken von unserem Baby? Bestimmt möchte es auch ein Gläschen. Und bestimmt nicht nur eins! -. Zum Wohl!
Sagen Sie, Herr ...äh

MOSES: Okukenu, Moses Okukenu

ARNOLD: Also Herr Okeku ... Herr Moses, meine Frau sagte, sie wollen an den Rhein. Was machen sie dann hier an der Spree?

MOSES: Das hat sich so ergeben.

ARNOLD: So, so, hat sich so ergeben.

MOSES: Rhein oder Spree? Wissen Sie, wenn man quer durch Afrika reist und quer über das Mittelmeer und quer durch Europa, da macht das nicht so einen Unterschied.

ARNOLD: Und alles wegen einer Nähmaschine...

MOSES: Nein, wegen eines Schiffchens. Ich suche ein Schiffchen für eine Singer.

ARNOLD: Normalerweise, kommen die Leute...

LORE: Arnold, was soll dieses Verhör. Du bist so misstrauisch.

ARNOLD: Ich? Ich bin doch nicht misstrauisch. Na, Schwamm drüber. Also normalerweise kommen die Leute, weil sie hier Arbeit suchen...

MOSES: Ich habe bei Ihnen Arbeit gesucht.

ARNOLD: Ja, das haben sie. Man kann das Ergebnis oben bewundern. Und sonst? Sonst haben sie keinen Grund, hier zu sein?

LORE: Er war zu Hause im Gefängnis.

ARNOLD: Du weißt ja gut Bescheid. Habt euch schon tüchtig ausgetauscht beim Suppe essen, was?

MOSES: Ja, ich saß im Gefängnis.

LORE: Siehst du: Er wird politisch verfolgt...
- Weshalb eigentlich?

ARNOLD: Wahrscheinlich hat er geklaut. Öl geklaut. Die haben doch alle Öl geklaut dort unten. Sagten Sie Amagu? Sie stammen aus Amagu? Ist da immer noch alles voller Rebellen? Die klauen. Und sabotieren die Anlagen. Ja, und dann fackelt der Laden ab, dann ist wieder die Company schuld. Ist doch so oder? War doch so, Herr Moses. Von wegen Feuerwehrmann bei der

Company.

MOSES: Sie wissen ne ganze Menge. Ne ganze
Menge. Da wissen sie sicher auch, Fische vertragen
kein Öl, jedenfalls kein Erdöl. Ich war Fischer im
Delta.

LORE: Fischer? Ich denke Feuerwehrmann?

ARNOLD: Siehst du? Gestern Maler, heute
Fischer und morgen? Bombenleger.

LORE: Moses ist Christ. Stimmt doch Moses?

ARNOLD: Egal. Christ oder nicht Christ.
Nordirland oder Nordspanien oder Nordamerika.
Überall sitzen Bombenwerfer. Warum nicht auch
in Nordafrika.

MOSES: Westafrika. Sie kennen doch Westafrika!?
Das Delta? Das Dorf Amagu? Eine Ziege mit drei
Hörern?

ARNOLD: Wieso drei Hörner? Ach, Sie haben das Foto...

Er hat die Fotos im Gartenhaus gesehen... rumgestöbert hat er.

MOSES: Jedenfalls: Ich war Fischer. Eines Tages war ich ein Fischer ohne Fische. Man sagte uns: Fahrt hinaus aufs Meer. Aber ohne Fisch kein Diesel, ohne Diesel kein Meer. Kein Meer, kein Fisch. Dachte ich, nehmen wir ein wenig Öl aus der Pipeline. Ist ja genug drin. Habe es gegen Diesel getauscht. Später habe ich gemerkt, ich muss nicht erst Öl gegen Diesel tauschen, Diesel gegen Fisch und Fisch gegen Geld. Warum nicht gleich Öl gegen Geld? Ja, ich besaß sogar eine kleine Raffinerie. Aber eines Tages ist mir das Ding um die Ohren geflogen. Da sehen sie die Narbe...

LORE: Das ist ja interessant.

ARNOLD: Ja, das ist interessant. Etwa in Amagu?

MOSES: Nein, in der Hauptstadt. Da gehen die Geschäfte besser.

ARNOLD: Sie wissen, so etwas ist gegen das Gesetz. Die Company hat die Lizenz.

MOSES: ... und die Polizei dazu.

ARNOLD: So etwas ist kriminell.

MOSES: Das denke ich auch.

ARNOLD: Siehst du, Lore, von wegen politisch, Kriminelle. In jedem Land gibt es Regeln, die man einhalten muss. –
Na, Schwamm drüber, Herr Moses. Übrigens, die Company hat eine Menge Geld da unten gelassen: für Straßen, Schulen, Krankenhäuser...

LORE: Sie sagen dort unten: Wenn Gott geht, kommt die Company, sagt Moses.

67

MOSES: Manche sagen auch: Wenn die Company kommt, geht Gott.

- Als ich aus dem Gefängnis kam, sagte mein Bruder, komm zur Company, werd ein Salamander.

- Dachte ich, gut, auch ein Salamander kann Öl zapfen.

ARNOLD: Na ja, da hörst du es. So sind sie dort unten. Aber auch da, Schwamm drüber. Wir werden schweigen. - Wann wollten Sie abreisen?

LORE: Arnold, bitte ... Ich verstehe dich nicht. Du warst früher... anders

ARNOLD: Ja, früher. Aber mit früher ist Schluss.

MOSES: Ich geh dann wohl besser.

LORE: Nein, Sie bleiben!

MOSES: Aber schlafen gehen darf ich doch?

LORE: Ja, ja natürlich. Gute Nacht, Moses.

(Moses ab.)

ARNOLD: Gute Nacht, Moses! Gute Nacht,
Moses, wie wäre es mit einem Gute-Nacht-
Küsschen?
Und ?

LORE: Was und?

ARNOLD: Stimmt es?

LORE: Was?

ARNOLD: Dass die Schwarzen lange Schwänze
haben?
Na, vielleicht lässt du dir ja von ihm ein Kind
machen. Das wird dann wieder schön schwarz. So
ein richtig schönes Multi-Kulti-Kind: „Das, meine
Damen und Herren, nenne ich geglückte
Integration."

LORE: (ohrfeigt ihn)

ARNOLD: Der oder ich!

XII (1)

LORE: Was ist das?

ARNOLD: Ein Geschenk. Für Moses. Eine
Nähmaschine!

MOSES: Eine Singer, eine echte Singer. Und die
ist für mich.

ARNOLD: Tja. Hat mich einiges gekostet. Aber
Schwamm drüber. Für Sie, Herr Moses.

MOSES: Oh, dieses schwarze Metall, diese
goldenen Buchstaben: *S I N G E R* ...
Und das Schiffchen, ist das ok?

ARNOLD: Na ja, genäht habe ich nicht damit. In Handarbeit hatte ich immer eine vier, haha.

- Und das ist für dich.

LORE: Ein Bild.

ARNOLD: Ja, ein Bild.

LORE. Sieht aus wie... wie...

MOSES: von Miro?

ARNOLD: Nein, vom Aldi.

Ein Schnäppchen. Na, ja. Dafür war die alte Singer wirklich teuer. Aber Schwamm drüber.

- Wann reisen Sie denn zurück, Herr Moses? - So, das hängen wir gleich auf... Aber, aber da hängt ja schon was? Was ist das für ein Bild?

LORE: Gefällt es dir?

ARNOLD: Sehr modern. Eine... Currywurst im

Keller?

LORE: Salamander im Schnee. Es ist von Moses. Wir machen demnächst eine Ausstellung. Und wir haben einen Beitrag im „Kustos".

ARNOLD: Wir machen... Wir haben...? Aber nicht mit diesem Bild. Nicht mit dem Salamander. Wie kommt dieser Neger dazu. Der Salamander gehört mir. Das ist...

LORE: ... seinem Bruder gewidmet.

ARNOLD: ... meine Geschichte. Wie kommt der Kerl zu meiner Geschichte? Lore, ich... - Ich brauch jetzt was zu trinken.
- Es war an einem Sommervormittag. Heiß war es, heiß und schwül. Wir gingen in den Schulgarten. Seit Wochen hatte es nicht geregnet. Alles schlaff und staubig.
Plötzlich: ein Gewitter, ein Platzregen, kurz und heftig. Da sah ich ihn, schwarz und gelb gemustert,

feucht glänzend: der Salamander. Mitten auf dem Weg. Still und majestätisch. Pst, machte ich und gab den andern ein Zeichen: Da, sagte ich, seht: ein Salamander.

Einer flüsterte: Meine Oma sagt: Salamander sind vom Teufel geschickt. Sie ziehen Blitze an.

Da grummelt ein Donner. Plötzlich ruft ein anderer: Jagt ihn. Fangt ihn. Schlagt ihn. Ich lief ins Schulhaus und...

MOSES, LORE: Und?

ARNOLD: Ach, Schwamm drüber.

- Ich habe noch ein Geschenk: Mein Berufungsvortrag ist bestens gelaufen. Die haben nicht nur geklopft, die haben applaudiert, wie im Theater. Stehende Ovationen.

- Trinken wir, feiern wir.

XII (2)

ARNOLD: Was machen Sie da?

MOSES: Ich brauche nur das Schiffchen.

ARNOLD: Sagen Sie, Herr... äh... Moses. Diese
Ziege, diese komische Ziege, gibt 's die noch?

MOSES: Verbrannt.

ARNOLD: Oh.

MOSES: Verbrannt wie meine Mutter. Verbrannt
wie die Seele meines Bruders. Verbrannt wie... eine
Ziege mit drei Hörnern eben verbrennt.

(Moses später im Treppenhaus zündet ein
Feuerzeug und hält es einem Moment an einen
herumliegenden Fetzen Tapete. Tritt dann kurz
entschlossen die Flamme aus.)

XIII

LORE: (eine Akte in der Hand) Wir müssen reden.

ARNOLD: Ja, reden wir. Worüber?

LORE: Über Amagu?.

ARNOLD: Über Moses? Bitte nicht schon wieder.

LORE: Da!

ARNOLD: Was ist das? Deine gesammelten
Werke über schwarze Kunst.

LORE: Wenn du so willst. Eine Akte über
Schwarze Kunst, über Magie. Simsalabim: Schon
wird aus einem Unfall Sabotage.
Aber was heißt Unfall? Die Schlamperei eurer
Firma. Hier: verrostete Ventile, verrottete
Leitungen.

ARNOLD: Meine Unterlagen. Was weißt du

schon!? Amagu. Das war Rebellengebiet. Sollten

wir unsere Leute dort hinschicken, damit sie

abgeknallt werden? Die haben doch wirklich

überall die Leitungen angezapft.

LORE: Aber nicht in diesem Fall, nicht in Amagu.

Das hast du selber festgestellt. Das war keine

Sabotage: Hier steht es.

ARNOLD: Festgestellt? Die haben es behauptet.

Be-haup-tet. Und mich bedroht. Stundenlang. Mit

einer Machete am Hals, da schreibst du alles.

 LORE: Und eine Woche später, das nächste

Messer? Eine Woche später doch Sabotage? Hier,

deine Unterschrift. Arnold! Ihr habt das vertuscht!

ARNOLD: Weißt du, was die Company hätte

blechen müssen? Schadensersatz! Lebenslange

Renten!

Die... die haben mich doch unter Druck gesetzt.

Was weißt denn du? Du reißt dir für die Firma den Arsch auf, Tag für Tag im Öl, überall diese schwarze schmierige Brühe, überall dieser stechende Geruch, den kriegst du nicht weg, den hast du noch im Bett in der Nase. Nicht mal...

LORE: ... mit ihrem Parfüm?

ARNOLD: Nicht mal mit Schnaps. – Da willst du eines Tages nur noch raus. Da hat du eines Tages eine Chance, vielleicht die letzte, die Chance: die Forschungsabteilung. Denkst du, die Company ist blöd, die setzen doch auf die Zukunft. Auf innovative Ideen, wie meine. Endlich zurück! Nach Europa. Nach Hause. Zu dir! Lore!

LORE: Druck? Karriere! Und deine Unterschrift war der Preis!

ARNOLD: Energie aus Sand, das ist die Zukunft. Die ist nicht umsonst zu haben. Die Idee ist Gold wert. Ja: Sand zu Gold.

LORE: Ach, wie gut, dass niemand weiß... Arnold, du bist so fremd.

ARNOLD: Fremd? Ja, ich bin fremd, ein Fremder im eigenen Haus. Seit dieser weiße Neger hier rumschleicht, rumschleicht und rumschnüffelt und rumstänkert...
- Weiß er davon? Weiß dieser Moses davon? Hast du ihm was gesagt?! Moses kommt aus Amagu. Vielleicht wusste er's von Anfang an. Diese Leute sind doch zu allem fähig.
- Wie kommst du überhaupt an meine Papiere?!

LORE: Die lagen heute Morgen auf meinem Schreibtisch.

ARNOLD: In der Redaktion?
- Dieses Miststück. Klaut meine Unterlagen und schleppt sie zur Presse.

LORE: Wer? Deine... deine Duftorgel?

ARNOLD: Meine ...? Gut, gut du hast recht. In Afrika da hatten wir ein bisschen was. Aber das ist längst vorbei. Diese Akte hier, das ist doch der beste Beweis. Oder würdest du jemand anschwärzen den du... den du...

LORE: ... den ich liebe? – Wenn ich ihn liebe, nicht.
- Ausgerechnet auf meinem Schreibtisch...

ARNOLD: Na, zum Glück auf deinem. Die Schlagzeile möchte ich mir nicht vorstellen.

LORE: Du scheinst dir sehr sicher zu sein, dass ich meinen Mund halte?

ARNOLD: Lore, bitte. Das Zeug geht endlich dorthin, wo es hingehört, in den Reißwolf.

LORE: Du denkst, das hilft. Du denkst, damit ist dann alles erledigt?! - Ich kann nicht so wie du: Schwamm drüber.

ARNOLD: Lore, du wirst doch nicht... Wir müssen doch jetzt zusammenhalten.

LORE: Wie Pech und Öl und Schwefel?

ARNOLD: Lore, lass mich jetzt nicht allein.

LORE: Du bist schon lange allein.

ARNOLD: Verlass mich nicht. Nicht jetzt.

LORE: Du, hast mich... nein, du hast dich selbst schon längst verlassen.

XIV (1)

Arnold, Dorothea

ARNOLD: Lore will weg. Reicht das? Reicht dir

das?!

DOROTHEA: Arnold!

ARNOLD: Nichts da mit Arnold. Was willst du noch, lass es gut sein.

DOROTHEA: Arnold, einer musste reinen Tisch machen...

ARNOLD: Gib mir die Kopien! Los die Kopien von der Akte Amagu.

DOROTHEA: Wie du willst.

ARNOLD: Wie viele hast du noch?

DOROTHEA: Hör auf, Arnold, wach endlich auf!... Da, lies das.

ARNOLD: Was ist denn das?

DOROTHEA: War heute in deiner Post.

ARNOLD: (liest) ... können wir Ihren
Berufungsvortrag leider nicht bewerten... da über
die Idee Silizium zu verbrennen, wie Sie aus
beiliegendem Artikel ersehen, bereits von
anderen... publiziert wurde.
- Jetzt soll ich auch noch ein Hochstapler sein?
Du..., du setzt dich jetzt hin und schreibst, jawohl,
eine eidesstattliche Erklärung: Wir haben diesen
Artikel, schreib, diesen ominösen Artikel niemals
zur Kenntnis genommen. Punkt.

DOROTHEA: Es wird nichts ändern. Arnold, es
ändert nichts!
- Außerdem: Du hast diesen „ominösen" Artikel
nicht zur Kenntnis genommen. Ich schon.

ARNOLD: Du? Warum hast du mir nichts gesagt?
Warum hast mich weiter, immer weiter...

DOROTHEA: Ich habe es dir gesagt. Du aber

wolltest davon nichts hören, nichts sehen, nicht wissen, dass da einer vor dir war... Arnold, gib auf. Der zweite am Südpol ist eben nur der zweite.

ARNOLD: Auch die zweite wird niemals die erste sein. Geh bitte. Verschwinde! Für immer!! Solche Assistenten brauche ich nicht. Ich gebe nicht auf! Niemals. Ich gebe nicht auf!!

DOROTHEA: Jetzt ist also alles klar: Das Projekt hat sich erledigt. Der Mann. hat sich erledigt. Doro ist erledigt. Seltsam, ich fühle, da ist noch eine übrig: Dorothea. Dorothea ist noch nicht erledigt!

ARNOLD: Verschwinde, Doro, verschwinde endlich!

DOROTHEA: Dorothea heiße ich, lieber Herr Dr. Simmeroth, Dorothea. Dies nur für die Akten.

XIV (2)

(Dorothea ab. Moses herein.)

ARNOLD: Sie? Was, was wollen Sie?

MOSES: Ich wollte mich verabschieden.
Und das Labor sehen, wo aus Sand die Zukunft
gemacht wird.

ARNOLD: Trinken Sie einen?

MOSES: Trinken wir einen.

ARNOLD: Sie ist weg?!

MOSES: Die Zukunft?

ARNOLD: Die auch. Lore ist weg, oder?

MOSES: Kann sein.

ARNOLD: Mit einem Koffer?

MOSES: Mit zwei Koffern.

ARNOLD: Weiber.

MOSES: Hier sind die Schlüssel vom Haus.

ARNOLD: Weiber. - Sie ist...

MOSES: eine starke Frau.

ARNOLD: So sanft.

MOSES: Zu stark für einen Mann.

ARNOLD: Zu sanft für dieses harte Geschäft. Ja,
das Leben ist ein hartes Geschäft.
- Prost. Moses.
- Moses?

MOSES: Ja?

ARNOLD: Hier ist eine Akte. Die Akte Amagu.

Von mir aus, gehen sie damit vor Gericht.

MOSES: Ich? Vor Gericht? (blättert in der Akte, spring auf, packt Arnold) Gegen wen? Gegen Sie? Gegen die Company? Wo? In Nigeria? Mann, Sie sind ein Spaßvogel.

ARNOLD: Machen Sie doch was Sie wollen. Mir ist alles gleich.

MOSES: Eben. Nichts hat sich geändert, nichts. Amagu war ihnen egal, jetzt sind Sie sich selbst egal.

ARNOLD: Sie haben es gewusst? Sie haben die ganze Zeit gewusst, dass ich...? Sie haben es gewusst, und mich die ganze Zeit den Kasper machen lassen!

MOSES: Gewusst, nein? Ich hatte nur einen Namen. Einen Namen der unter einem Gutachten stand. Ihren Namen.

Erst als ich im Gartenhaus die Bilder sah, hab ich gedacht, kann sein, hier bin ich richtig. Kann sein, hab ich gedacht, der kennt die Wahrheit über Amagu.

ARNOLD: Wegen der Ziege?

MOSES: Kann sein. Jedenfalls, jetzt weiß ich es: Sie haben das Gutachten gefälscht. Einfach so gefälscht.

ARNOLD: Nicht einfach so. Bestimmt nicht einfach so. Wenn sie wüssten...

MOSES: ...wie ich gelitten habe, sagte der Mörder zum Richter. Das ist doch das Mindeste, das sie ein bisschen leiden. Sie...
Leider hat Lore die Akte liegen lassen. Sie wird keine Story daraus machen.

ARNOLD: Ha, sag ich doch zu sanft.
Und Sie?

MOSES: Ich? Ich habe drei Kanister Benzin im Treppenhaus verschüttet. Tut mir leid. Ich war ein wenig ungeschickt.

ARNOLD: Ungeschickt?! Drei Kanister Benzin... Wissen Sie was das kostet?

MOSES: Ich weiß, was Benzin kostet. - Nein, ich war nicht ungeschickt. Ich war wütend, wütend verstehen Sie, Arnold. Doch dann...

ARNOLD: Dann...

MOSES: Fiel mir der Salamander ein.

ARNOLD: Ihr Bruder? Ihre Berufsehre?

MOSES: Nein, *ihr* Salamander. Und ich dachte, ich muss Sie fragen: Wie ist sie ausgegangen, die Geschichte?
Die andern haben den Salamander gejagt. Und Sie, Sie sind also ins Schulhaus gerannt...

ARNOLD: Ich bin ins Schulhaus gerannt.
Irgendjemand musste doch da sein, irgendeiner der
hilft, der nicht zulässt, dass... Dieser Salamander, er
war so schön. Diese wunderschöne schwarz-gelbe
Zeichnung. Er hat so geleuchtet. Ich wollte nicht,
dass eine Gartenhacke dieses Leuchten zerstört. -
Plötzlich stand ich vor einem Feuermelder, ein
roter Kasten, drin ein roter Knopf, Glas darüber.
Mit der bloßen Hand, habe ich die Scheibe
eingeschlagen...

MOSES: Und dann?

ARNOLD. Gab's `ne Menge Ärger. Tadel vorm
Fahnenappell, Hausarrest, Fernsehverbot...
und Spott, Hohn und Spott: Die haben nichts
begriffen, die dachten, ich hätte aus Angst vor dem
Salamander die Feuerwehr gerufen. Weil die doch
gesagt haben: Der Salamander kündigt ein Feuer
an. Die Idioten, nichts haben die begriffen, nichts.

MOSES: Und der Salamander?

ARNOLD: Der war weg. Den haben sie nicht gekriegt.

MOSES: Gut, das ist gut.

ARNOLD: Ja, das ist gut. Und lange her. Wie soll es weitergehen? Ich weiß es nicht. Jetzt ahne ich nur, was ich damals wusste. -
Wo wollen Sie hin?

MOSES: An den Rhein, zur Lorelei

ARNOLD: zur Lore...

MOSES: Lorelei. Sie wissen doch. Mein Großvater... dieses Märchen aus uralten Zeiten... Leben Sie wohl.

ARNOLD: Leben Sie wohl...
Leben? Wie wohl? Ha, wie wohl...

EPILOG

Zwei Frauen mit Koffern.

DOROTHEA: Verzeihung

LORE: Entschuldigung

DOROTHEA: Dieses Schneegestöber.

LORE: Man sieht die eigene Hand nicht...

DOROTHEA: Kommen Sie hierher. - Ach, Sie sind das !

LORE: Sie?

DOROTHEA: Sie riechen nach ihm.

LORE: Sie riechen, wie er immer gerochen hat, wenn er von ihnen kam. Wo haben Sie ihn versteckt?

DOROTHEA: Sie wissen es noch nicht? - Sie weiß es noch nicht.

Ich sah Arnold am Parkplatz. Er war völlig betrunken. Ich fuhr ihn nach Hause, zu Ihrem Haus. Es war ein großes Schneegestöber. Wir gingen - man konnte es eigentlich nicht gehen nennen – ich schleppte ihn hinein.
Ich sagte: Warte, es riecht nach... Ich sagte: Halt, kein Licht. Es riecht nach Benzin.
Da war es, als käme er zu sich: Er sagte: Geh, geh hinaus! Schnell aus dem Haus. Ruf die Feuerwehr. Ich lief hinaus. Er blieb. Ich hörte ihn rufen:

Salamander! Salamander!!
Jetzt bin ich da.

DOROTHEA: Dann sah ich im dunklen Flur des Hauses, einen Lichtschein, ein kleines Licht, so wie wenn jemand ein Streichholz entzündet. Am Ende brannte alles lichterloh.

LORE: Ist er...?

DOROTHEA: Alles brannte. Ich sagte: Alles!

LORE: Manche glauben: Im Feuer wird der
Salamander wiedergeboren.
Gehen wir.

DOROTHEA: Wohin?

Unten am Fluss: vom späten Ende der Kindheit und andere Geschichten. - Edition Vogelweide.- 2. Auflage, erweiterte Neuausgabe 2017.- 170 S. (auch als e-Book)

ISBN 978-3-744-82278-7 (TB)

ISBN 978-3-744-82287-9 (Hardcover)

Der Idiot will in den Krieg, sagt der Ich-Erzähler von seinem Sohn. Und die alte Schülerband zusammenzutrommeln ist sein eher hilfloser Versuch, dagegen den Geist von Love & Peace zu beschwören. Zwischen den kurzen Begegnungen mit den alten Freunden werden die Erinnerungen an eine Jugend in den siebziger Jahren lebendig. Ob die Band noch einmal spielt, wird vor allem von einem abhängen, von Hubert, der damals über die Grenze ging...

"Stöckel hat... die deutschsprachige Literatur bereichert... Unten am Fluss ist - und hier macht die Vokabel wirklich Sinn - Heimatliteratur im besten Wortsinne."

(Kai Agthe, Mitteldeutsche Zeitung)

Die Neuausgabe dieses Buches ergänzt die Texte der Erstauflage um weitere sieben verstreut erschienene Geschichten. Sie berichten von einer "Russenjagd", einem tödlichen Zwischenfall in einem Bistro und anderen merkwürdigen Begebenheiten zwischen gestern und heute. Der

Autor erzählt "mit Selbstironie und Selbstbewusstsein, mit verhaltener Komik – das ist gut zu lesen." (Jutta Schlott)

Leseprobe:

„Wenn mein Großvater nicht den Motor seines Motorrads vergraben hätte, wäre das Ding längst verrostet eingegangen in den Boden der Ukraine oder der Ardennen. Wenn man dann wüsste wo, ließe sich möglicherweise noch heute ein Stück rostiges Blech finden und unter dem abblätternden grünen Militäranstrich könnte man die originale blaue Farbe sehen. Wenn das so wäre, stünden hier in meiner Wohnung nicht sieben Motorräder der verschiedensten Marken und Baujahre und noch mal acht im Keller; zwei blaue sind darunter und seit kurzem eine - nein, nicht irgendeine - die Böhmerland.

Vermutlich wäre meine Frau mit meinem Sohn dann nicht ausgezogen. Wenn das so wäre, dann, verstehen Sie das Dilemma, würde ich aber nie mit meinem Sohn auf der blauen Böhmerland die

Allee hinaus aus der Stadt fahren können, weil dann mein Sohn zwar bei mir wäre, aber keine Böhmerland.

Allerdings säßen Sie dann auch nicht hier auf meinem einzigen Stuhl und überlegten, welches der Motorräder Sie pfänden sollen. Von mir aus alle, nur das eine nicht, nicht die Böhmerland!..."

Heimkehr ins Labyrinth: drei Monologe und ein christliches Satyrspiel. – Textbuch Edition Vogelweide.- 1. Auflage, 2017.- 64 S. (auch als e-Book)

ISBN 978-3-743-17524-2

Er zieht in den Kampf gegen das Böse. Sie bleibt zurück. Er ist der Beste, sagt sie, er wird die Bestie besiegen. Doch wie kommt er zu zurück?

Endlich zu Hause, denkt der Mann. Der Krieg war lang und siegreich. Aber keiner ist da mit ihm zu feiern. Nur einer erwartet ihn schon.

Eine Mutter irrt durch ein Labyrinth. Sie sucht ihren Sohn, einen Rebellen. Langsam begreift sie, sie wird einen anderen finden.

Der Herr verlangt ein Opfer: Töte deinen Sohn. Der Vater sucht einen Weg zwischen Gehorsam und Verweigerung.

Die Namen der Helden sind alt – Ariadne, Odysseus, Pasiphae, Abraham - was ihnen widerfährt, ist alltäglich bis heute.

Die vier Einakter nach Motiven antiker und biblischer Mythen durchbrechen die überlieferte

Sichtweise und zeigen Menschen im Kreislauf von Gewalt und Gegengewalt.

Uraufführung 2003, bühne 8, Cottbus

„ ... eine bemerkenswerte Uraufführung. ... Der Autor ... verarbeitet in diesen Texten antike und biblische Stoffe. Er erzählt sie überraschend neu und ergreifend gegenwärtig. ... Den Intentionen des ... Autors, am Gespräch um große Fragen der Welt- und Menschheitsgeschichte teilzuhaben, konnte Besseres kaum widerfahren."

(Klaus Wilke, Lausitzer Rundschau)

Der Lavagänger

erschienen 2009

im Aufbau-Verlag

auch als eBook

ISBN 978-3-351-03244-9

und als Hörbuch im DAV

gelesen

von Götz Schubert

ISBN 978-3-351-03244-9

Henri Helder macht eine seltsame Erbschaft: ein altes Paar handgefertigter Lederschuhe mit rätselhaften Schriftzeichen auf den Schäften - das Vermächtnis seines verschollenen Großvaters. Was um Himmels willen soll er damit anfangen? Sie einfach wegwerfen? Helder versucht es, doch die Schuhe kehren unverhofft wieder zu ihm zurück. Merkwürdig verhält sich auch seine Familie: Der Nichtsnutz sei verdampft auf den Lavafeldern von Hawaii, heißt es lapidar. Schon bald bestimmen fabelhafte Gestalten wie ein Pferdekopfgeige spielender Derwisch, eine schöne Seidenraupenzüchterin, ein einbeiniger Navigator und eine polynesische Tänzerin Helders Leben. Er muss der Spur der Schuhe folgen - bis ans andere Ende der Welt, denn nur so kann er ein altes Geheimnis lüften.

„Stöckel findet einen wunderbaren, märchenhaften, märchenhaft sicheren Ton, wirft schwindelerregend viele Bälle in die Luft und fängt sie alle wieder auf. Vom Erzählen erzählt dieser Roman, vom Erzählen, mit dem allein wir den Gespenstern Europas, den Gespenstern aller Kontinente entkommen. Von der Unentschiedenheit, die Leben retten und zerstören kann. Von der Möglichkeit oder Unmöglichkeit einer anderen Existenz, eines anderen Lebens."

Elmar Krekeler, Literarische Welt v. 08.08.2009